粒子と地球

KAWATA Shigeru

川田茂

北冬舎

粒子と地球❖目次

粒子

地球

装画＝著者
撮影＝樋口博典
装丁＝大原信泉

粒子と地球

粒子

I

骨格探求

頭頂骨

頭骨

彫りふかき妙なる脳回つつむべく薄く強固な骨の一片

顳顬骨（側頭骨）

さまざまのもの食むごとに違ひある顳《せふ》顬《じゆ》のうごき支へてゐたり

前頭骨
熱を持つ額に氷の袋《たい》を置くながき苦しき夢より醒めよ

鼻骨
緩衝の役目ともなりひと筋の鼻梁の先はやはらかき骨

口蓋骨
口蓋に対なる鉤《かぎ》の形の骨　鼻腔の壁を滑らかにして

篩骨
蜂の巣状形体として好き香り悪しき匂ひをつどに篩ひぬ

鋤骨

頭蓋《とうがい》の底なる骨は鋤状と脳を耕すことあらずとも

頬骨

表情をつかさどる部位の基なりて神経孔の一対を持つ

砧骨

遠くより伝はりて来る音《ね》を受けて艶を持たすか砧の骨は

槌骨

余韻もて来たる響きを打つごとく奥へと送る槌形の骨

鐙骨
沓を掛くることなくあらゆる音《ね》を掛くる鐙の形に似し小き骨

下顎骨
おとがひは時代とともに縮みたりなづきはさらに嵩増しゆくと

上顎骨
顎音を交へて話す「人々の摩擦すぎれば破裂となりぬ……」

蝶形骨
蝶形骨トルコ鞍《くら》に収まるは騎手にあらざり器官*なりけり

（*器官＝脳下垂体）

舌骨

味覚をば感ずるところの根の本にV《勝利》の印に似し骨ひとつ

胸郭

鎖骨

胸と肩を繋ぐ役して鎖骨ありかつて羽ばたく力に添ひし

肩胛骨

肩胛骨は天使の羽のなごりとぞ天空に遊びし記憶たどらむ

胸骨

童形の濃き俤を胸腺の位置に祀らむ永遠に託して

肋骨

心肺の臓器を護りて籠となる骨は正しき動きに添ひぬ

脊柱

頸椎（頸骨）
七つある頸椎長くして待つか虹持つ魚の解禁の日を

胸椎
十二ある胸椎捻り真うしろに置かれし時計の指針を視つむ

腰椎
五つある腰椎曲げて道ばたの穴の空きたるコインを拾ふ

仙骨

仙骨は五個の連なり二等辺三角形をつくり動かず

尾骨

直立の歩行に要のなきゆゑか消えし尾のあと確かむるなり

上肢骨

上腕骨

腕のみの力に頼ることなかれ狙へるところへ槍を投ぐるに

橈骨

腕と手を連係したる橈骨は白昼つくりぬ抱擁の態

尺骨

尺をとる役果たせしか腕の骨もちゐて何の丈を測らん

掌骨

てのひらに受け取る珠の透明度骨さへ冷せる純度あるらし

指骨

管をなす骨は子細な指先のつくりに似合ひ軽やかならむ

下肢骨

腸骨

内臓を受けて漏斗の形なして消化器官の結びうながす

座骨

座すことの意味を求めし人びとに静なる活性また醸しけり

恥骨

恥づかしき骨と思ふか恥を知る骨と思ふか回答を待つ

大腿骨

美しき筋肉にこそ恵まれて大腿骨は喜ぶものぞ

膝蓋骨

骨ながら笑ふことあり一対の皿のかたちとしてならぶなり

脛骨

弁慶の泣きどころとも呼ばるるに脛骨やはな骨にはあらず

腓骨

脹ら脛のなかに隠れて役果たす陰なる腓骨の存在おほき

中足骨（蹠骨）

走り行くときに意識のすることもあらず足裏《あなうら》管骨五本

趾骨（指骨）

二十八個の骨を並べて足の指　直立歩行はこと速やかに

距骨

体重をささふる強き関節を持ちて距骨は今日もはたらく

踵骨

ひきかへすことはあらざり足占《あうら》にて明日よりのちの雲行きを見ん

II

眼の陰翳

眼の陰翳

きらきらと碧空を舞ふ光《かげ》ありぬちひさき天の使ひなるかな

破片なる細かき玻璃と見えながら微かな音を響かせるかも

硝子体《せうしたい》を巡る星屑　法則を持たず光に応へてゐたり

眼球に遊べるささいな異物てふ休むことなき数多の動き

浮遊するものあり硝子体《せうしたい》のなか無償のうごきを陽に照らすなり

真白なる画面の上にて透明の糸絡みをり解く技なきや

横たはり飛蚊症の眼を閉ざす鳴かざる虫を硝子《せうし》に飼ひて
舞ふ光、眼《まなこ》ふさげば翳となりなほも踊りぬ黒衣のごとく
眼球の裡なる翳も忘らるる忙しき日日のなかに紛れて

赤き洪水

杉花粉飛ぶ季節またいめぐり来ぬ見えざる敵の恐ろしきかな

結膜に降り来て怪しき行ひをするべき花粉の組織を調ぶ

拒みたき花粉の所作に惑ふとも護る術なく目蓋《まなぶた》ひらく

結膜に血流あふれ洪水に呑まれし領土の痛み絡める

白眼は突如真紅に染まりゐる堰を破りて迷へる流れ

白地図を覆へる赤き洪水か国の境も不明なるべし

街も野も田畑の領もはばからず浸すがごとき洪水を思《も》ふ

眼のなかの洪水にしていささかも視界に影のおよぶことなし

眼球にあふるる赤き洪水はしづかに十日を過ぎて引きゆく

陰性の星

冬晴れの空気冴えたり陰性の星はまなこの底より出づる

平らなるはずの木の床ふくらみて眼の奥底に違和を覚える

欠落する視点を認む右の眼の焦点はつかはづしし処

盲点を囲ひて染まる黄の色に世界はここよりいささか歪む

視野に小さき穴ひらきをり異界への入口なれば楽しからずや

中心性漿液性網脈絡膜症　実像は曲げられ視力の限界を問はる

実像を捉ふることは難しく虚像に惑ひ日日を過ごせり

曲率を視界は孕む時を経てのちに生まるるもの畏れをり

真実は何処にありや曲率を分けて実像求めてみたし

眼底の虹

心地よき空の夢より覚める朝　視界の真中にかすかな亀裂

ジグザグの虹うるはしく眼底に今日は解けるか華厳の氷柱

眼底にめづらしき虹あらはれぬおほかた痛みをともなふらしき

虹色に円き稲妻はしりたり穏やかなれる気を顫はせて

稲妻のごとき閃光、環をなして視界を飾り視界を抜けり

閃輝暗点消えて跡形もなし一天にはかに掻き曇り、雪

にはか雪、天気予報をはづしたり北極ひさびさ寒波おくり来《く》

大陸の瀑布に架かる虹円し眼底に湧く虹もまれなる

血管の収縮、拡張知られ得ぬ動きを秘めて虹を呼ぶなり

内耳の砂

水準器の気泡動きて定まらず地底の揺らぎを関知するらし

水平を捉へて気泡はとどまりぬ揺れを復する三半規管

地震《なゐ》ならず身の水準に狂ひあり横たはるたび廻れる視界

身の裡の水準器には砂ありて身の水平を型づくりをり

内耳なるきままな砂の振る舞ひを受けて眼《まなこ》は回転したり

良性の眩暈とはいへ落ち着かず上半身を直に保てり

半身を起こせるままに眠るなり器に盛られし砂は崩せぬ

耳鳴りは内耳の嵐　砂粒の渦巻くさまを描きてみたし

自転する星に生れて良性の眩暈を一時の伴侶となせり

III　元素周期律表

1　水素　H

未来へと走る車を迎へゐる田圃のなかの水素スタンド

⇐

2　ヘリウム　He　貴ガス

クレーベの石に孕みしヘリウムはこと穏やかに地球をつつむ

3　リチウム　Li　アルカリ金属

軽やかな金属として負極なす電池にたよる心音のあり

4　ベリリウム　Be　アルカリ土類金属

ベリリウム含むシャッター外景を切りてフィルムにかたちを落とせ

5　硼素　B　ホウ素族

両眼を洗へるために溶かししは真珠光沢もてる結晶

⇦

6　炭素　C　炭素族

石炭とダイヤの違ひ調べたり鏡の曇り拭ひしのちに

7　窒素　N　炭素族

この星をしかと覆へる窒素かな生命《いのち》を守るも目に入らざり

8　酸素　O　酸素族

燃焼はさまざまならん物事を熱く語るに要する酸素

9　弗素　F　ハロゲン

節操のなき性質を持ちにけり弗素はあらゆる元素と混じる

10　ネオン　Ne　貴ガス
今日ひとつ業の決まらぬままなれどネオンの塔の色変はりなし

11　ナトリウム　Na　アルカリ金属
大洋にとけたる塩の量問へる童子の額に玉の汗あり

12　マグネシウム　Mg　アルカリ土類金属
航空機轟音立てて地を離る軽合金の翼を伸ばし

13　アルミニウム　Al　ホウ素族
鉄骨の高層街を遠景にジュラルミンの楯たちならぶ

⇩

14　珪素　Si　炭素族

全面をソーラーパネルの覆ふ屋根　鴉降り来て脚を滑らす

15　燐　P　窒素族

燐燃ゆる雨の夜中に見し夢を想ひ出せず小首を傾ぐ

16　硫黄　S　酸素族

花火師は薬を詰めぬ来るべき暑き夜空を切りひらくため

17　塩素　Cl　ハロゲン

蛇口より水流れ落つ早朝の塩素の香りに意欲そがるる

18　アルゴン　Ar　貴ガス

孤高なる存在なりしかアルゴンは永らく人に認められざり

19　カリウム　K　アルカリ金属

両極をなしてカチオン、アニオンは体細胞のなかにて踊る

20　カルシウム　Ca　アルカリ土類金属

脊椎をほぼ垂直にして歩行する人類これよりいづくへ進む

⇓

21　スカンジウム　Sc　還移金属
凍てつきし白夜の地にて採られたり銀白色の金属ひとつ

22　チタン　Ti　還移金属
橋上にて発煙筒は焚かれたり逃げだしたるは羊九頭

23　バナジウム　V　還移金属
硫酸の触媒として働きぬ女神に因みし名前を授き

24　クロム　Cr　還移金属
腐食せぬ金属あると覚えをり不老と不死を願ふる人も

25　マンガン　Mn　還移金属
表層の酸化激しきこと多し時間の経過は日ごと早まる

26　鉄　Fe　還移金属
磁石にて砂のくろがね集めたり水と風との底力おもふ

27　コバルト　Co　還移金属
鉱山の地下に住みにし妖魔より因みて元素の名前としたり

28　ニッケル　Ni　還移金属

銅に似て銅を含まず鉄鋼と混じりて錆を遠ざけるなり

29　銅　Cu　還移金属

緑青に覆はるる屋根おのずから腐食をなして腐食を拒む

30　亜鉛　Zn　還移金属

鉄板の表皮をなせり薄くして亜鉛あすより風雨に耐へぬ

⇦

31　ガリウム　Ga　ホウ素族

発光するダイオードの文字拾ふなり街には夜の帷降りゆく

32　ゲルマニウム　Ge　炭素族

手のひらの小きゲルマニウムラヂオにて聴けり深夜の戦場リポート

33　砒素　As　窒素族

医薬とし錬金術師はもちゐたり砒素は如何なる病を癒す

34　セレン　Se　酸素族

複写機の感光いまや精緻なり実物大の人体も焼く

35　臭素　Br　ハロゲン

臭素紙に引伸ばしたり風景を風紋つづく清しき砂丘

36　クリプトン　Kr　貴ガス

ごくわづか大気のなかに隠されて存在したるものこそあはれ

37　ルビジウム　Rb　アルカリ金属

ルビジウム－ストロンチウム法ありぬ人生百年としても一瞬

38　ストロンチウム　Sr　アルカリ土類金属

赤色の火花となりて燃えつくす短き夏の夜にこそ相応ふ

⇩

39　イットリウム　Y　還移金属
受像器の蛍光体に潜むなり表舞台をささへて動く

40　ジルコニウム　Zr　還移金属
ヒヤシンスと呼ばれしジルコン紫の薄き色して輝きにけり

41　ニオブ　Nb　還移金属
原子炉の一端をなし大いなるエネルギーを逃がすことなし

42　モリブデン　Mo　還移金属

高速度回転しゆく鋼あり柔き金属削りつくしぬ

43　テクネチウム　Tc　還移金属

原子炉のなかにてつぎつぎ生まれくる人工元素になにを託さむ

44　ルテニウム　Ru　還移金属

ウラルとふ山より石は目覚めゆき朝の冷たき空気を吸へり

45　ロジウム　Rh　還移金属

薔薇の意を持つ金属にして鎖なすいかなる人の首飾るらん

46　パラジウム　Pd　還移金属

小惑星パラスにちなむ金属を左の奥の臼歯に詰める

47　銀　Ag　還移金属

銀鉤に向けて帽子を抛り投ぐ火星は地球に接近したり

48　カドミウム　Cd　還移金属

カドミウムレッドにて画く西瓜の絵　毒毒しさを隠して映える

⇐

49　インジウム　In　ホウ素族

藍色に金属は燃ゆ山山は冷気にあたり赤く燃えゆく

50　錫　Sn　炭素族

木の箱に絵の具のチューブをしまふ夜　開店するはドラッグストア

51　アンチモン　Sb　窒素族

鋳造ののちに結晶おどるかなアンチモンは楽奏でをり

52　テルル　Te　酸素族

虹色のディスクは地球の意を持てるテルル含みて回転したり

53　沃素　I　ハロゲン

昇華して沃素はけむる紫にあやしき視界にしばし微睡む

54　キセノン　Xe　貴ガス

キセノンの光源つよし銀幕のスターは百年越えても老いず

55　セシウム　Cs　アルカリ金属

万年を過ぎて人類亡ぶともセシウム時計の誤差は少なし

56　バリウム　Ba　アルカリ土類金属

緑色に燃ゆる金属バリウムは真空管の内部をすすぐ

⇩

57　ランタン　La　ランタノイド
潜みゐる金属なればランタンを取り出だすまで時の百年

58　セリウム　Ce　ランタノイド
セリウムは火花を散らしうつくしき紫煙をいくつ立ち上らしむ

59　プラセオジム　Pr　ランタノイド
プラセオジムの芯の発光ヒーローとなるべき人を照らしてゐたり

60　ネオジム　Nd　ランタノイド

桃色に硝子を染めしネオジムは激しき磁力を裡に秘めをり

61　プロチウム　Pm　ランタノイド

微量なるプロメチウムに保たるる夜行塗料の怪しき光

62　サマリウム　Sm　ランタノイド

サマリウム磁石の奏でし音拡げギターは両の腕のなかに

63　ユウロピウム　Eu　ランタノイド

大陸の名に因むなりユウロピウムほのかに赤き蛍光を持つ

64　カドリニウム　Gd　ランタノイド

春を待つ枯れ枝のごとき血管の細部に至る造影画像

65　テルビウム　Tb　ランタノイド

触るもの全てを拡声装置とすテルビウムのサウンドバグは

66　ジスプロシウム　Dy　ランタノイド

針状にジスプロシウムは結晶す近づくものを拒めるごとく

67　ホルミウム　Ho　ランタノイド

人体の水素原子を辿りゆく磁気共鳴の力を強む

68　エルビウム　Er　ランタノイド

エルビウムを含むファイバー光をば増幅させて風に吹かるる

69　ツリウム　Tm　ランタノイド

アーク灯おのずと点りツリウムは希なる緑の輝線をつくる

70　イッテルビウム　Yb　ランタノイド

レーザーの光の色をきはだたす元素の生れし北欧の村

71　ルテチウム　Lu　ランタノイド

ルテチアに因みて名付けらるるとも用途すくなき希土類ならむ

⇩

72　ハフニウム　Hf　還移金属

尖端に据ゑつけられしハフニウム　プラズマはなち鋼鉄を断つ

73　タンタル　Ta　還移金属

蓄電の器となるかタンタルの掘られてゴリラ減りゆくばかり

74　タングステン　W　還移金属

白熱球電気の時代は終はりゆく真空のなかふるへる螺旋

75　レニウム　Re　還移金属

レニウムを加えしエンジン今日もまた轟音のこし地上を離る

76　オスミウム　Os　還移金属

最高の硬度と密度を誇りとすオスミウムの色青じろし

77　イリジウム　Ir　還移金属

切っ先を返してペンを持つことも時空を開く言葉を置かむ

78　プラチナ　Pt　還移金属

破裂せし脳血管を塞ぎゐてまろくこごれるプラチナコイル

79　金　Au　還移金属

水流の跡たしかなる涸れ谷の砂にきらめく一粒の金

80　水銀　Hg　還移金属

辰砂よりみづかね採れば艶やかな細かき玉となりて零るる

⇐

81　タリウム　Tl　ホウ素族

天上のめぐみと言ふもいささかのタリウム含むヒマラヤの塩

82　鉛　Pb　炭素族

測鉛を潮の流れに落としゆく海の底意も推しはからんか

83　ビスマス　Bi　窒素族

おほいなる原子炉内に使はれし冷却材の鈍きかがやき

84　ポロニウム　Po　酸素族

静電気を払へるブラシは柔らかき毛の内側に猛毒を秘む

85　アスタチン　At　ハロゲン

蛍光を放つウランの鉱石に含めよ短き命の原子

86　ラドン　Rn　貴ガス

岩盤より湧く放射能を受くる人なべておもたき病を抱ふ

87　フランシウム　Fr　アルカリ金属

半減期二十と二分の元素とか水との相性ことさらによし

88　ラジウム　Ra　アルカリ土類金属

文字盤の夜光塗料の数うかぶラジウム娘の死を礎に

⇐

89　アクチニウム　Ac　アクチノイド

ことごとく濃度の高き放射性元素なれども実はあらざり

90　トリウム　Th　アクチノイド

トリウム入り飲料水に歯磨き粉、健康グッズの売られし時代

91　プロトアクチニウム　Pa　アクチノイド

元素とし寿命は三万二千年されど眼に見し人わづかなり

92　ウラン　U　アクチノイド

暗号名「Manhattan project」広き街衢に閃光を刺す

93　ネプツニウム　Np　アクチノイド
海王星に因む元素は天然のウランの石の裡に眠るか

94　プルトニウム　Pu　アクチノイド
弾頭は核の分裂待つ倣ひ天空の神に抗ふごとく

95　アメリシウム　Am　アクチノイド
電離式煙感知器の要にてはつか用ゐしあやふき元素

96　キュリウム　Cm　アクチノイド
瞬かぬ星を背にして作動せむ放射性同位体熱発電装置

97　バークリウム　Bk　アクチノイド

ウランへとバークリウムは変遷す宇宙は賢き錬金術師

98　カリホルニウム　Cf　アクチノイド

中性子放射をかさね地中なる鉱脈あまた透視するべし

99　アインスタイニウム　Es　アクチノイド

核分裂の眩しき光景いかに見き天才アルベルト・アインシュタイン

100　フェルミニウム　Fm　アクチノイド

人類に用なき元素なればこそあらたむるなり存在の意義

101　メンデレビウム　Md　アクチノイド

周期表を記しし人の名を残すはかなき元素の形を追へり

102　ノーベリウム　No　アクチノイド

一瞬の存在なれど発見のよろこびゆるりと世界をめぐる

103　ローレンシウム　Lr　アクチノイド

人工的元素は哀し加速器に数秒かくと姿みせしも

⇦

104　ラザホージウム　Rf　還移金属

原子核持てあましけりされどなほ十八時間の寿命は長し

105　ドブニウム　Db　還移金属

原子核衝突により得し元素　実験室にとどまりにけり

106　シーボーギウム　Sg　還移金属

浪費するばかりの時間とも思ふ酸素イオンの照射の過程

107　ボーリウム　Bh　還移金属

計画的都市にて発見されしとか記録のなかなる記憶の元素

108　ハッシウム　Hs　還移金属

あえかなる元素を求めゆくらむか鉄のビームは鉛へ向かふ

109　マイトネリウム　Mt　還移金属

発見に至る時間は長けれど元素のあるべき時は短し

110　ダームスタチウム　Ds　還移金属

ニッケルと鉛の原子を戦はすラインの川のそばなる機関

111　レントゲニウム　Rg　還移金属

放射線ふふまぬ元素レントゲン数秒にして崩壊したり

112　コペルニシウム　Cn　還移金属

新しく名を得て回転するやらんコペルニクスに因むがゆゑに

⇐

113　ニホニュウム　Nh　ホウ素族

ビスマスと亜鉛を掛けて得られたる元素は日本の国にて生るる

114　フレロビウム　Fl　炭素族

放射線つよく放つもフレロビウムは一瞬にして消えゆくさだめ

115　モスコビウム　Mc　窒素族

崩壊の前に技もて計らんかモスコビウムの元素の量を

116　リバモリウム　Lv　酸素族

名称をリバモリウムと決めたるも元素の性格さぐりつくせず

117　テネシン　Ts　ハロゲン

あたらしき稀なる元素テネシンは半金属の謎抱へもつ

118　オガネソン　Og　貴ガス

取りをなす元素あでやかならずして遠き逃げ水のごとくに映る

Ⅳ　略語連立（A－Z）

ＡＩ《人工頭脳》に頼らむとする未来とも精巧機器は時に危ふし

ＢＭＰ《画像データのファイル形式のひとつ》一千六百七十七万七千二百十六色揃へて十指の動きを待てり

ＣＴＣ《列車集中制御装置》に操られたる幹線網を荷物たづさへ人は辿りぬ

デオキシリボ核酸（染色体の重要成分）

ＤＮＡを渡し命は繋がれど個体の抱ふる孤独は深し

脳波

ＥＥＧ起伏をなして印さるる医師の視線の縦走つづく

周波数変調

ＦＭの放送ながるる車内にて一息にのむ深層水を

全地球測位システム

ＧＰＳ受けて走れる銀色の車は路地の迷路にはまる

hard and black　硬度の中程を示す記号
ＨＢ鉛筆一本削りをりマークシートの枠埋めむとし

国際標準図書番号
ＩＳＢＮあらぬ書籍の香を満たす書肆の奥にて座れる主

日本標準時
ＪＳＴに添はせ動かすソーラーの腕の時計に落つる雨粒

世界第2の高峰（カラコルム山脈の最高峰）
Ｋ2の頂上かすめ吹く風のかをりを問ふる月曜の午後

超遠距離地震検出装置
ＬＡＳＡ据ゑし地盤はいかなる史を持てる地上の景色おだやかなれど

磁気共鳴画像診断装置
ＭＲＩ画像に写る白き点　共鳴したる原子の応へ

星雲目録二二四番、アンドロメダ星雲
ＮＧＣ二百二十四の光《かげ》われらが銀河といつ抱きあふ

病原性大腸菌
Ｏ１５７の毒素ひろがる粘膜に　人も撒きたりあまたな毒を

午後
ＰＭの終ひコンビニしらじらと冷たき光を舗道に零す

生活の質の希求（クオリティー・オブ・ライフ）
ＱＯＬつきつめ原子炉たたむかな　されど世紀を跨る仕業

赤血球
ＲＢＣ細胞は核はやに捨て酸素拾ひて血管はしる

蒸気機関車
ＳＬは重き車体を起こし発つ黒きけむりを鉄路に残し

Thank God, it's Friday.（華の金曜日）
ＴＧＩＦを迎へて渡れりRainbow Bridge　車の尾灯つらなる

未確認水泳物体
ＵＳＯ隠れて久し地上には確認有害物質ふえて

十八年から二十五年間貯蔵されたブランデー
ＶＳＯＰ薫らせ時をやりすごす闇はますます深まるばかり

インターネット上の情報検索表示システム
ＷＷＷ情報ページを立ち上げて網に掛かれる人持ちわびぬ

未知なる答

Xを導き出すか数式はわづかに傾きみせて連らなる

日本宇宙少年団

YAC遠き星星めざすかな水満つる小さき列島に生れ

郵便番号

ZIPコード最後に入れて文を出す未だ会はざる離島の人へ

V

素粒子発光

ニュートリノ降りてゐるかな岸辺にも人影つひに点となりゆく
（川田茂歌集『放射冷却』より）

点となる影の行く末　ひろがれる空の果てなる話を追はん

点点と生みつけられし卵あり水のながれにさらされゐたり

卵より水蠆発したり透明の翅、朝の陽に翳すはいつか

清流の淀みに水蠆はとどまりて秋のすずしき空をのぞまん

雷雲は成層圏にとどきけり水蠆つぎつぎと蜻蛉となる

複眼をさだめて留まる赤蜻蛉　静止のはざまにすきあらずして

三万の視線を四方に配りたり蜻蛉しばらく中空にをり

素粒子の降ること知らぬアキアカネ複眼赤く染めつくすなり

恒星の最期の叫びの音信として届きしか素粒子ひとつ

宇宙線大気を通り素粒子へ物とかかはること少なかり

中性の蠱惑をはらみ飛ぶ粒子地球を抜けてμ《ミュー》からτ《タウ》へ

四方より奔り来るらし素粒子を受くは純水満たす硝子器

硝子器は光電子増倍管《センサー》として一万の眼《まなこ》となりぬ岩盤のなか

光電子増倍管《センサー》の探れるは終焉までの宇宙の構図

巨大なる複眼ならむかスーパーカミオカンデ神岡町池の山地下一千米

複眼と言へど空飛ぶことなくて深き地中にただ籠るなり

引き籠ることも要なり時として人の気づかぬ真理さぐるに

素粒子をささやかな光に換へて純水のなかに数多捕らへよ

暗黒《ダーク》物質《マター》、記憶の外より飛来してチェレンコフとふ光輝を放つ

東京湾標準海水面に沿ひ列ぶ水のなかにて散れチェレンコフ光

水中に光の華を咲かせたり素粒子といふ種子を捕らへて

発酵も暗きところに起こるとぞ光華咲かせり地底の器

素粒子は太陽断面とほりゆく透過効果の先を見据ゑん

暗黒の世界に隠れし素粒子のかたちよ宙の質量を解け

人間《じんかん》の喧騒ますます高まりぬ素粒子行けり残像を置き

闇組織ならぬ暗黒物質の支ふる宇宙創造を思《も》ふ

暗黒の物質、力を蓄へて宇宙を御すれば高まる密度

縮みゆく宇宙をとれば灼熱へふたたび爆ぜる力を溜めて

ビッグバンまたもや起くるか空間に宇宙の輪廻転生ならん

膨れゆく宇宙をとれば素粒子と光の粒子満ちあふるると

素粒子と光の世界を待つもよし陽子崩壊迎ふるなれば

数かずの銀河滅びし先を読むカミオカンデは硝子の伽藍

∞

人類の遺跡も粒子と成りはてて銀河とともに宙《そら》にとけゆく

地球

I 日本縦断紀行

北海道・東北

北海道❖昭和新山

あたらしき山あらはるる白田に海の彼方の戦局あやし

青森❖弘前

色づかぬままに一つの林檎落つ陽炎盛《さか》れる時刻迎へぬ

秋田❖八郎潟

金の波ひろがせし湖《うみ》ときをへて銀の稲穂の波ゆらすなり

岩手❖陸中海岸

おほひなる津波の記憶かさなれるリアスの岸に沿ひ飛ぶセスナ

山形❖天童

盤《いた》の上《へ》に立たせし駒はつぎつぎと倒れて王もうつ伏せにけり

宮城❖蔵王

樹氷なる林を抜けて滑り行く目的の地は意識にあらず

福島❖中通り

雪多き山を縫ひ行く水脈は海と洋《うみ》とに筋違へたり

関東・中部

群馬❖利根川

国境をなせる山脈したがへて坂東太郎は湧き出づるなり

栃木❖五十里湖

五十部《よべ》町を発ちて五十里《いかり》のダムめざす五十畑《いそはた》、五十殿《おみか》の名も浮かび来る

茨城❖東海

名瀑の水量減りぬ下流なるまろき原子炉稼働日を増す

埼玉❖加須

およげどもすすむことなしこひのぼりなかぞらにゐてひれふるばかり

千葉❖浦安

ピノキオもピーターパンも踊りをり妖光まとふ塔をバックに

東京❖新宿

西口は高層の街、東口出でて地下には層なす組織

神奈川❖大山

大山の麓に独楽は生まれたり競ふはひとりたのしむ時間

山梨❖甲府盆地

球体を纏め撓わに実りゐる果実も臨むか最高の峰

静岡❖浜名湖

海溝の淵にて孵化するほそき稚魚一千粁の旅を始むる

長野❖諏訪湖

日本の屋根の連なり南北に真中は真冬、御神《おみ》渡る湖《うみ》

新潟❖新潟

松の木と男の子育たぬ土地なりき鱗あざやぐ魚を養ふ

富山❖富山湾

海上にあらぬ街並み現れて蛍烏賊およぐ湾を飾りぬ

石川❖輪島

卵殻を基《もとゐ》に漆をかさね塗る職人適せし湿度を好む

福井❖越前海岸

海岸は奇岩怪石多くして惑はせるなり訪る人を

岐阜❖海津町

木曽、長良、揖斐の流れに抗ひて輪中の町は時を熟《こな》せる

愛知❖尾張

湧水に鮎群れる意をふふむとか愛知はふたつの京に揉まれき

関西・四国

三重❖英虞湾
真珠とふ貝の患部の美《は》しき玉連ね人びと身を飾るなり

和歌山❖金剛峰寺
高野六十那智八十と伝へ聞く冬木は裡に幼芽を孕む

奈良❖興福寺
童形のまなこ鋭き阿修羅をり如何なる数の人を殺めき

京都❖広隆寺
五十六億七千万年のちの世は救済されんか素粒子さへも

滋賀❖琵琶湖
断層の湖《うみ》は都も守りしに聞こえぬ調べ奏で続けり

大阪❖吹田
方違《かたたが》へなれる吹田《すいた》のたそがれに口笛を吹く人の影濃し

兵庫❖明石
標準時あらはす時計の塔たかし閏秒を加へしことも

香川❖小豆島

寒霞渓に翼を持てる果実舞ふ季のめぐりのおだやかなりて

徳島❖鳴門海峡

渦巻くは水のみあらず雲も渦つくりて星も渦巻けるなり

高知❖中村

四万十の嵌入蛇行、清流をつくり街へと人も送りぬ

愛媛❖佐田半島

半島に鼻の幾つか瀬戸内の海の薫りを聞き分くるかも

中国・九州

岡山❖瀬戸大橋

白桃の箱は大橋わたるとぞ赫赫として日輪沈む

鳥取❖因幡

素兎《しろ》くるしみし海に今日もまた網を掛けゆく船あまたあり

島根❖出雲大社

十月は四方《よも》より神神あつまりぬ数あるごえんゝを整はすべし

広島❖広島

百年は草木一本生えぬとも恐ろしきかな復興の跡

山口❖秋芳洞

一本の太き柱となりぬべし石筍は受く鍾乳の水

福岡❖関門隧道

関門となりし海峡狭けれど滞りなき流れをつくる

佐賀❖佐賀平野

黒色の光沢を持て羽ひろげ鵲《かささぎ》青き空を切りたり

長崎❖長崎市内

眼鏡橋かけたる川面に映りこむ人ことごとく歪みてゐたり

熊本❖熊本

清酒美少年舌に転がす満月は昇りゐるなり転がらずして

大分❖別府

天国と地獄のさまを表すかマグマの描く地上の景色

宮崎❖西都原《さいとばる》

言葉なきかたちに籠めし意思おもし日向の国の千なる墳墓

鹿児島❖鹿児島

降灰の多き日もあり人びとは天恵ならずも落ち着きはらふ

沖縄❖那覇

戦闘機飛び立たぬ日のあらずして南の海は緩りと暮れぬ

II

列島百名山

〈利尻岳〉

流氷の擦れる鈍き音を聞き岳《やま》は真闇のなかに鎮もる

〈羅白岳〉

知床を護るべくして火の山はシベリヤよりの風とあらそふ

〈斜里岳〉

煌ける斜里の裾野はひろがりぬ大き孔雀の羽のごとくに

〈阿寒岳〉
雌雄なる山のつくりし湖はあまた毬藻をただよはせたり

〈大雪山〉
噴煙をかさねて原始の景を守《も》る蝦夷の高峰雪をいただく

〈トムラウシ山〉
廻りゆく銀河を映せるトムラウシ火口の湖《うみ》には蝦夷山椒魚

〈十勝岳〉
肥沃なる洪積台地を育てしか十勝の山のすがたは険し

〈幌尻岳〉
めずらしきカールを標としてもてる幌尻岳に降りゆく驟雨

〈羊蹄山〉
蝦夷富士の姿やさしも雪解けに岩屑流《がんせつりゅう》は街を襲へり

❖

〈岩木山〉
タツヒビメ、ウツシクニタマ、ウカノメとオホヤマツミの神祀りけり

〈八甲田山〉
雪中に時とぢこめしコニーデの連なる峰はたかさを競ふ

〈八幡平〉
夢ひとつ解かれたるのち月のぼり原生林の樹氷を照らす

〈岩手山〉
岩手山神社より入る登山道かつて賢治も歩を進めたり

〈早池峰山《はやちねさん》〉
三陸の沖を望むる神の山、漁たけなはの船を見守る

〈鳥海山〉
空晴れて北よりの風つよまりぬ影鳥海を渡る雲あり

〈月山〉
蜂子王子《はちのこのわうじ》開きし霊山にあまた白衣の人行き交ひぬ

〈大朝日岳〉
金玉水、銀玉水をもとめしか山岳部員の列はみだれず

〈蔵王山〉
爆発をくりかへしたる連峰の翠《すい》緑色にしづむ火口湖

〈飯豊山《いひでさん》〉
いにしへに飯豊詣でし少年ら迎へて頃は十三七つ

〈吾妻山〉
時をかけ浄土平に着きたれば彼方の星にさまよふ心地

〈安達太良山〉
月面のごとく拡がる火口跡いのちの影の気配もあらず

〈磐梯山〉
会津より見れば山容おだやかにされど裏がは険しきすがた

〈会津駒ケ岳〉
山麓の鎮守の森の境内に歴史かさねし歌舞伎の舞台

❖

〈那須岳〉
月山《ぐわっさん》と呼ばれしことも茶臼岳、噴気は未だ止まらずして

〈越後駒ケ岳〉
中の岳、八海山をしたがへて万年雪を纏ふる主峰

〈平ケ岳〉
頂の上より転がることなくて池塘を見つむる玉子石かな

〈巻機山《まきはたやま》〉
山頂を御機屋《おはたや》と呼び座を据ゑて機織り蚕の神祀りをり

〈燧ケ岳〉
厳冬にたへてながらふ村人は「火打ち鋏」の雪形を待つ

〈至仏岳〉
とりどりの高山植物さきそろふ至仏は蛇紋の岩からなりぬ

〈谷川岳〉
「トマ」「オキ」の耳ふたつあり谷川の岳《やま》時として人を拒まん

〈雨飾山〉
水無月も雪深くしてひとびとは祠の「風の神」と交はる

〈苗場山〉
一千を超える池塘のそれぞれに形たがへし雲うつりこむ

〈妙高山〉
須弥山に見立てられたる妙高のいただき掠めはしる流星

〈火打山〉
天狗の庭の「逆さ火打」は燃えさかる冬将軍の季節に備へ

〈高妻山〉
万年をかけたるのちの姿なれ高妻山はことに際立つ

〈男体山〉
薙はしるすがたを幸の湖にかくと映して霊峰そびゆ

〈奥白根山〉
東方の日本を見するゐ高峰は白き噴煙あぐることあり

〈皇海山《すかいざん》〉
鉱脈をつくりし火山のひとつかも頂上いまや樹に覆はるる

〈武尊山〉
日本武尊《やまとたける》水乞ひせしてふ宝来の瀑布とだえず落差をまもる

〈赤城山〉
神の血に染まりし山と聞くならく赤城颪《あかぎおろし》にあらがふ人等

〈本白根山〉
鏡池の底に亀甲の様の見ゆ小石は水の変化に添ひぬ

〈四阿山《あづまやさん》〉
東屋のごとき山容　国境の鳥居峠にたたづみ見れば

〈浅間山〉
観測は疎かならず地の底に隠れしマグマのふるへに応ふ

〈筑波山〉
男体と女体の峰をむらさきの山と称して拝《をろが》みにけり

〈白馬岳〉
山肌に「代掻き馬」のあらはれて広き棚田に水をみちびく

〈五竜岳〉
岩稜の連なる山を五竜とぞ名づけて畏敬の念たもつべし

〈鹿島槍ケ岳〉
槍の刺す大空は朱に染まりをり明日の雲行きかくと占へ

❖

〈剱岳〉
空海の草鞋一万むだとなる地獄に聳ゆる「針の山」とて

〈立山〉
火と水と風のつくりし霊山の人影のなき真冬のホテル

〈薬師岳〉
災難を祓はんとして身を清め裸足詣《らそくまうで》をせし人の群

〈黒部五郎岳〉
ごろごろと岩ころがせる黒部五郎の圏谷を縫ふほそき清流

〈黒岳〉
水晶を孕みし岩肌くらくして高天原《たかまがはら》の池に映りぬ

〈鷲羽山〉
いにしへの火口に水をたたへたる山かげ鷲の羽ばたくかたち

〈槍ケ岳〉
観世音、文殊菩薩に阿弥陀据ゑ槍を研ぎたり播隆上人

〈穂高岳〉
海神を祀れる高峰ながめをり往来とだえぬ河童橋より

〈常念岳〉
安曇野を見守り続ける三角の山より聴かむ念仏の声

〈笠ケ岳〉
阿弥陀仏の出現として御来迎見しひと多し笠ケ岳より

〈焼岳〉
大正に池をつくりし焼岳の火口は深く地底に向かふ

〈乗鞍岳〉
乗鞍の魔人を一気に封ぜむと円空は仏千体を彫る

〈御嶽山〉
死火山と呼ばれし御嶽噴火して生き返りたるあまたの火山

〈美ケ原〉

青天井の似合ふところは他にあらず美ケ原溶岩台地

〈霧ケ峰〉

高層の湿原に沿ふ遺跡には黒曜石の矢尻ねむりぬ

〈蓼科山〉

水脈を秘めたる山は円錐のやさしきすがた民にさらしぬ

〈八ケ岳〉

大地溝帯真中を裂きて聳えたる山は鋭利な頂を見す

〈両神山〉
鋸のごとき稜線なにを切る雲やはらかに峰をつつみぬ

❖

〈雲取山〉
東京の最高峰は雲のなか都をひそと見守るらしき

〈甲武信岳〉
日本百名山のうち四十と三座とらへて凛と聳ゆる

〈金峰山《きんぶさん》〉
奥秩父の象徴として山容を構へ南北アルプス臨む

〈瑞牆山《みづがきやま》〉
瑞瑞しき樹林の上に城塞をおもはす岩峰そそり立つなり

〈大菩薩岳〉
雷雲の通り道とも言はれたる稜線は富士を拝むによし

〈丹沢山〉
プレートの境界なれど山塊は水源ゆたかにたもち続けり

〈天城山〉
遥かなる南の海より来るらし天城火の山なだらかにして

〈木曽駒ケ岳〉
風雪に磨かれ威容をさらすなり三十六峰八千谷の

〈空木岳〉
稜線に沿ひて岩塔ならび立つ白き方尖柱のごとくに

〈恵那山〉
船伏と呼ばれしこともかつてあり原生林の海に浮かびて

〈甲斐駒ケ岳〉
真白なる岩のいただき煌めけり神馬たたづむ姿ににたり

〈仙丈ケ岳〉
たをやかな姿みせゐる岳《やま》ひとつことに麗し藪沢カール

〈鳳凰山〉
鳳凰の翼ひろげし姿かな山塊白砂青松にして

〈北岳〉
富士に継ぐ高峰なりて孤高なる姿まぶしく冬日に照らす

〈間ノ岳〉
農鳥の雪と争ふこともあり鳥の雪形ことしも待たむ

〈塩見岳〉
地下ふかく塩の水脈はしらせて遥かに海を臨まんとす

〈悪沢岳〉
荒荒しき沢もつゆゑの命名か荒川三山東端にあり

〈赤石岳〉
朝の陽を受けて輝く山赤し放散虫の化石を孕む

〈聖岳〉

奥深き聖なる山か目に見えぬ頂までの道程けはし

❖

〈光岳《てかりだけ》〉

てかり岩ふたつ並びて煌めけり西日本を確と見おろし

〈白山〉

夏は花、冬は氷の華咲かせ霊山として崇められたり

〈荒島岳〉
九頭竜の水源となる火の山は橅の林を纏ひて聳ゆ

〈伊吹山〉
神よりの霊気をつねに受けたるか山は花、虫、野鳥の宝庫

〈大台ケ原〉
魔の山と呼ばれし広き高原は四季を通して雨に洗はる

〈大峰山〉
いまもなほ女人禁制まもりゐる山は原始の森に包まれ

〈大山〉
剣ケ峰へつづける道はくづれをり神神しさを露はにしたり

〈剣山〉
安徳帝の剣ありしか山中に白骨林の影ながく伸ぶ

〈石鎚山〉
おほきなる嘴のごと聳えたる伊予の高峰なにを啄む

〈九重山〉
西千里ケ浜より見る久住山三角錐の盟主なるかな

〈祖母山〉
層をなす錫の鉱床ねむらせてけはしき岩峰切り立つばかり

〈阿蘇山〉
アイヌ語のアソとは火の山カルデラに育まれしは人のみあらず

❖

〈霧島山〉
霧の湧く日の多かれど頂の上より眺むる遠き韓国《からくに》

〈開聞岳〉
大鰻およげる湖《うみ》のほとりよりトロコニーデ*の姿を眺む
〈*トロコニーデ＝コニーデ型（成層火山）と、トロイデ型（溶岩円頂丘）火山との二重式火山の意〉

〈宮乃浦岳〉
縄文の杉を立たしむ屋久島の最高峰に降る雪見たし

❖

〈富士山〉
雪けむる高嶺を見しは幾たびか去り行く者の影は煙らず

III　十二支考

十二支の陰をいちづに追ひにけり言葉の綾に惑ふ楽しみ

鼠

衛星は天を廻りぬ火を撒きて鼠花火は路上をまはる

関節に生れし鼠の悪戯と医師X線の像を説くなり

牛

牛起きをなして階下へ走るべし針は予定の数字を過ぎる

牛王宝印《ごわうほういん》うけて戻らん彼の人は太陽電池の屋根ある家へ

虎

虎視眈眈と獲物を狙へる鷹のあり爪を隠して中空を舞ふ

大虎になりて大空飛ばむとし橋上に立つ人もありしか

兎

雪うさぎ溶けて朱の実は地に零る金烏《きんう》ほむらの羽ひろげゐん
烏兎《うと》は矢のごとく過ぎるも峪ふかき山塊微微たる動きも見せず

竜

初雪のしらせ来たらず竜脳の香り流れて夜は更けにけり

星辰の動きに狂ひは見あたらぬ竜頭まはして時を正せり

蛇

蛇崩れによりて通れぬ道のうへ飛行機雲の伸びる空あり

蛇行して流るる川をのぼりゆく船は喫水線を覗かす

馬

喧騒の数ある馬場を蹴りつくし馬蹄は冷たき厩舎にねむる

うまなめて高尾・栂尾・槙尾と巡り描きたし冷えたる空気

羊

ひつじぐもながめおもひをめぐらしぬ真昼間睡魔と闘ふことも

おやみなく世界は動きつづけども多岐《たき》亡羊《ばうやう》をいつに脱する

猿

猿がへり五尺の童子は繰りかへす古生層なる盤《いは》の上にて
猿橋は脚なく深き渓またぐ掛けし先師の腕たしかなり

鳥

水鳥《すいてう》を玻璃器にそそぎしばらくは色とかをりのゆれをたのしむ

鳥の跡つづけてあなたこなたより高層気流はかたよりて吹く

犬

海近き径なき径を行きたれば膝も笑へる犬返しあり

みづからの小さき犬歯を子は埋む日陰ちぢまる時刻に出でて

猪

賑やかな宴とならん揃ひたる猪口は伏せられ卓上に並《な》ぶ

迂回路を探すも楽しきことなれど猪突豨勇の人を羨む

Ⅳ　二十四節気通観

一月

重き荷を背負ひしままに年は明く狭庭に降りくる一枚の紙

∞

結氷の報せ常なる睦月にも世界はあつく撓みてうごく

悠悠と連凧およぐ小寒にして待望の報せは来たり

大寒の雲をかき分け銀色の翼は雫を見つけし国へ

二月

火山灰、 花粉、 黄砂と降りつづく如月いかなる傘をひらかん

高原の雪積むばかり立春の街路にマスクの人あふれゐる

〈割れ物〉を届けんとして久方の雨水《うすい》の朝に来る大和便

三月

弥生尽いまだ凍れる湖《うみ》あれど脳《なづき》に凝る像のとけゆく

啓蟄に人列をなし進みゆく湾岸新都市ビッグサイトへ

シーソーを降りて童子ら仲違ひ春分の日のちひさき事件

四月

制服になじまぬ黒き生徒らのうしろ姿を見おくる卯月

清明となれどもことさら雲厚し樹上のたまご罅割るるなり

穀雨過ぎ展望塔は建ちにけり姿を赤き潮《うしほ》に映し

五月

男てふ性のあやふさ思ふなり皐月五日の節句を迎へ

角柱なる煙突の色塗り替はり立夏に湧くる積雲を突く

小満に減らす人員多くして門番鍵をつぎつぎと掛く

六月

あまたなる苗をならぶる水無月の棚田田毎に宇宙を映す

芒種の夜風邪に倒れて夢を見る青空ひどく捲れてゐたり

風車、手車、歯車、水車《みづぐるま》廻して夏至の夜を迎へしか

七月

波に乗る時機をうかがふ人あまたあつまり来たる文月上澣

北東より涼しき気流ただよひぬ小暑に購ふ錠剤の塩

通りには人影あらず大暑に耐ゆる家屋や樹木、電信柱

八月

山をつつみて蟬なく葉月消されたる直線鉄路をたどる人あり

立秋の海に潜れば廃船に鱗を纏ふ客あまたゐる

あたらしき航路ひきゆく処暑にして大き薬玉つぎつぎ割れぬ

九月

宇宙塵めぐること知る長月の深夜すばやく一首をひねる

鳥たちはみなみへ帰る百を超す人びといまだ戻らず白露

秋分を過ぎてあざやぐ果実あり友との訣れ突然と来て

十月

神無月きよめられたる神棚の前にて宴にぎやかにせん

真直ぐなる白き軌跡を伸ばしたり寒露の空を飛び行く機影

霜降の夜に街路を滑り行く紙片は未完の章を載せたり

十一月

霜月の高原あかく染まりゆく人は色づく木木に溺るる

立冬に山鼠はかたき玉となる春までながき夢つむぐべし

童子らは並びて唄ふおほらかに小雪なれど服は短し

十二月

大雪《たいせつ》となれどもいただき黒くして未来の世界の気をうかがひぬ

ながき夜の闇のふかみをおもふなり日時計冬至の正午をしるす

一年に二十と四の節を置き息つきながら歩を進めゆく

∞

ひととせを締めんとするかこの師走あらたな年への荷を携へて

V

地球巡回紀行

北極

極北の空にオーロラ乱舞せり白熊の子は夢より覚めぬ

北極をしかと覆ふる氷原はながき沈黙海に強いたり

極光は磁気の嵐に煽らるる人は夜空のもとにたたづむ

原始より雪と氷を支へたる海は世界の汀をしきる

氷床を掘り下げ過去の雪を解き万年前の大気をひらけ

アジア

〈露西亜〉
シベリアの針葉樹林の地の下にかすかに軋むマンモスの骨

〈比律賓〉
七千を超せる島島群をなしマグマの帯の上にて浮かぶ

〈越南〉
観光の施設も今や充たさるるされど消えざる戦乱の疵

〈泰〉
繰りかへす雨季と乾季に怺えたる天使の都に寺おびただし

〈中国〉
きびしきは強き風雪のみならず世界の屋根に迫れる試練

〈日本〉
弓なりの島に掛け行く矢の向きを決められぬ間に日は落つるかも

〈蒙古〉
塩の湖、脚弱くして水を守《も》るいづれ涸れ行く運命《さだめ》なれども

〈ネパール〉
エヴェレストまたの名をサガルマーター岩壁は雪も氷も人も滑らす

〈印度〉
零と言ふ数の発見されし地に二桁の九九を憶えゆく子等

〈亜剌比亜〉
巡礼の列はとぎれず埋蔵の油とぎれる時いつならむ

〈土耳古〉
アララトの山に箱船着きしとか海面じょじょに上がれる気配

〈波斯〉

絨毯の織り目に隠れて砂の粒ふたつの大海越えんとしたり

〈イラク〉

戦乱に楔の打てずチグリスとユーフラテスの流れ優しも

〈パレスチナ〉

伯林の壁はらはれて喜びもつかのま聖地を割《さ》く壁建てり

オセアニア

〈新西蘭〉
憲法を持たざる国と聞くなれば穏やかなれる気に憧れん

〈濠太剌利〉
マゼランの星雲ふたつの囁きを聞かんとするかウルルの山は

アフリカ

〈埃及〉
侵略と風化に耐へたるピラミッド四角は確と四方を指せり

〈ケニア〉
高原に生業を持つ人多し心肺機能おのづ高まる

〈エチオピア〉
最古なる王国としての誇りあり歴史はナイルの川に添ひゆく

〈南阿弗利加〉
差別とふ政策廃し三権の行政都市をそれぞれに別く

〈モロッコ〉
燐の火を点して今は歴史ある文化の海の西端を推す

〈象牙海岸〉
植民の歴史に人は弄さるる獲られし象牙は崇められども

〈黄金海岸〉
溶かしゆくココアの色をみつめたり粉は黄金の岸より届く

ヨーロッパ

〈幾譜呂素〉
アルプスを吹き抜けし風はのどかなる地中海を波立たせたり

〈希臘〉
神神を集めて嶮しきオリュンポス闌けたる話の舞台となりぬ

〈伊太利亜〉
ローマ・レオナルド・ダ・ヴィンチ空港つぎつぎと銀の翼を迎へて送る

〈仏蘭西〉
オベリスク異郷の広場になじみをり葡萄は室に貴く腐る

〈西班牙〉
トレドにて大作熟しし画家グレコその割りにして小《ち》さき寝台

〈英吉利〉
あざやかな緑残せる草原の巨石の遺跡に雪降りしきる

〈阿蘭陀〉
海面の下なる街をいそがしく走るは銀輪老若男女

〈白耳義〉
ブルージュの運河に浮かびし船ホテル脳《なづき》の端に停泊しをり

〈瑞西〉
アイガーを登る電車は薄まれる空気に喘ぐことなくすすむ

〈墺太利〉
海あらぬ国に集むる濃紺の水兵服の和声のひびき

南北アメリカ

〈加奈陀〉
楯状の広き台地を含み持つ清しき国の民に差す翳

〈亜米利加〉
南北を通る山系コルディエラ*稜線は遥かなる両極を結ぶ

〈*コルディエラ山系＝北米、ロッキー山脈に始まり、南米アンデス山脈にまで達する山系を総称した名称〉

〈墨西哥〉
高度ある地は高度なる文明を伸ばし眩しき太陽仰ぐ

〈巴奈馬〉
大洋と大洋つなぐ大運河ひとの流れに交叉をつくる

〈玖馬〉
革命ののちも育てり甘き茎　島は嚙みしむ歴史の苦み

〈コロンビア〉
ゴールドとコーヒー、コカイン人びとを酔はせ潤し狂はせもして

〈秘露〉
マチュピチュは天空の都市　整然と通路と水の路を配する

〈伯剌西爾〉
原始なる森より音は響けどもアマゾン河の蛇行しづけし

〈亜爾然丁〉
放射状街路の首都は巴里ならぬブエノスアイレス、ラ・プラタの末

〈智利〉
細長き国を護るかアコンカグア噴火の記憶なくしし火山

南極

極寒を窮めんとしてすすむなり橇は南の地軸にせまる

層をなす氷は厚し人類の記憶にあらぬ雪をとどめて

大陸を覆ふ氷は厚くしてあまたな星の欠片をはらむ

隊員を擁する基地の雪のもと巨大なる湖《うみ》ねむりゐるらし

陽光はオゾンホールを抜けしかもペンギン首を振りつつ歩む

あとがき

第四歌集『天空童子』より数えて十四年ぶりの歌集上梓となった。今回、第三、第四歌集の大きなテーマであった「少年」という香しい代名詞は極力外すこととしたものの、その〈骨格〉は維持したつもりである。内容的には第二歌集『放射冷却』に続く作品といった趣であり、制作後二十年を越えた作品も多い。その間、油絵のグレージング（重ね塗り）ように上書きを繰り返し漕ぎ着けた連作もあるが、それが功を奏したかどうかは読者に判断を阿るしかない。しかし、「元素周期律表」の一連に限って言えば、初出時には仮名であった百十三番元素から百十八番元素に至る正式な名称が次々と決定したため、本歌集を纏める上で、日本に決定権の与えられたニホニウムを含むすべての元素を正式名称で記すことができた。歌集前半を「粒子」、後半を「地球」としたが、「地球」から「粒子」へと逆に読むことも可能であろう。『放射冷却』同様、「その視線は天体へ届くかと思えば素粒子のうちへもぐりこみ」と春日井建、帯文にあるごとく、微視から巨視へ、また凝視から透視へと視点の転換を試したが、これも一つの通過点と言えよう。

　初出のほとんどは詩誌「Ganymede」に掲載のものではあるが一部「歌壇」「北冬」「鹿首」「薔薇都市」、中部短歌会「短歌」に掲載の作品もある。なにより、この歌集の実質は銅林社主武田肇氏の依頼がなければ成立を見なかった。また、日常的には大塚寅彦氏を代表とする中部短歌会会員との交流、さらにこのところ、地元「神奈川県歌人会」、「鎌倉歌壇」の各位との交際の増したことは一つの喜びである。また「日本短歌総研」の創立にかかわれたことも今後の創作の一助となろう。なお本歌集の上梓にあたっては北冬舎主柳下和久氏にすべてを預けた。二十年前からの勧めを受けながら私の都合でかなりの時間を待たせてしまった。装丁は大原信泉氏に当方の作品「粒子の径（転回）」を料理していただいた。

　最後に五百首を超えた歌集『粒子と地球』に最後までお付き合いいただいた読者各位に御礼をもうしあげたい。

令和二年七月二十三日（大暑）

川田　茂

本書収録の作品は二〇〇三（平成十五）―二〇一四年（平成二十六）に制作された五二五首です。本書は著者の第五歌集になります。

著者略歴

川田茂《かわ た しげる》

1951年(昭和26年)栃木県日光市生まれ。76年、東京造形大学絵画専攻卒業。76年より、個展、自選展、グループ展など多数。86年より現在まで、「齣展」に出品。79年、「中部短歌会」入会。著書に、歌集『隕石』(89年、蒼土舎)、少年画集『トロポポーズの唄』(94年、銅林社)、歌集『放射冷却』(96年、ながらみ書房)、歌集『硬度計』(97年、銅林社)、歌集『天空童子』(2006年、銅林社)がある。08年、日本現代詩歌文学館企画『天体と詩歌』に参加。現在、中部短歌会「短歌」編集委員、詩歌同人誌「ドミタス」創刊同人、鎌倉ペンクラブ会員、日本歌人クラブ会員、現代歌人協会会員、朝日カルチャーセンター藤沢「短歌講座」講師。

現住所＝〒249－0004神奈川県逗子市沼間5丁目20－35

粒子《りゅうし》と地球《ちきゅう》

2020年9月20日　初版印刷
2020年9月30日　初版発行

著者
川田茂

発行人
柳下和久

発行所
北冬舎
〒101-0062 東京都千代田区神田駿河台 1-5-6-408
電話・FAX　03-3292-0350
振替口座　00130-7-74750
https://hokutousya.jimdo.com/

印刷・製本　株式会社シナノ書籍印刷

ISBN978-4-903792-74-3　C0092